edition suhrkamp 2455

Nur in einer Umgebung, wo anachronistische Industrieanlagen wie Dinosaurier in der Landschaft liegen und als letzte Zeugen des grandiosen Sowjetexperiments vor sich hinrotten, konnte jene postproletarische Melancholie und Punkpoesie entstehen, die Serhij Zhadan den Ruf des populärsten Lyrikers der Ukraine eingebracht hat. »Vor zehn Jahren nannte man ihn den *ukrainischen Rimbaud*, jetzt ist er vor allem Zhadan. Seine Poesie ist so, wie ich mir echte Poesie zu *Anfang des Jahrhunderts* vorstelle: sicher im Ton, makellos in den Details, durchdringend-visuell, anarchisch und kompromißlos sozial, zugleich absolut poetisch, einzigartig und unerwartet in der Plastizität der Assoziationen. Es ist wirklich genau das alternative Kino und auch die alternative Musik und das alternative Theater, das uns fehlt. Und überhaupt ist es eine Alternative zu allem, was traditionell als ukrainisch gilt.« (Juri Andruchowytsch)
Serhij Zhadan, 1974 im Gebiet Luhansk/Ostukraine geboren, studierte Germanistik, promovierte über den ukrainischen Futurismus und gehört seit 1991 zu den prägenden Figuren der jungen Szene in Charkiw. Nach sieben Gedichtbänden erschien 2003 sein Erzählband *Big Mäc*, 2004 sein erster Roman *Depeche Mode*.

Foto: Vladyslav Getman

Serhij Zhadan
Geschichte der Kultur zu Anfang des Jahrhunderts

Gedichte

Aus dem Ukrainischen
von Claudia Dathe

Mit Fotografien von Vladyslav Getman
und einem Nachwort
von Juri Andruchowytsch

Suhrkamp

Die Originalausgabe erschien 2003 u. d. T.
Istorija kul'tury počatku stolittja im Verlag Krytyka in Kiew.

edition suhrkamp 2455
Erste Auflage 2006

Deutsche Erstausgabe

Satz: Jung Crossmedia Publishing, Lahnau
Druck: Nomos Verlagsgesellschaft, Baden-Baden
Umschlag gestaltet nach einem Konzept
von Willy Fleckhaus: Rolf Staudt
Printed in Germany
ISBN 3-518-12455-2

1 2 3 4 5 6 – 11 10 09 08 07 06

Geschichte der Kultur
zu Anfang des Jahrhunderts

Leben heißt sterben

Ich wußte nicht, wo ihre Freunde wohnten, ihre Mutter, ihre Liebhaber. Ich fuhr zurück zu mir und schrieb einige Liebesgedichte.

Charles Bukowski

Geschichte der Kultur zu Anfang des Jahrhunderts

Du schreibst noch heute zurück, berührst die warmen
Lettern,
suchst sie im Dunkeln aus, verwechselst Vokale
und Konsonanten
wie die Druckerin in einer alten Warschauer Werkstatt.
Die schweren Schriftwaben schimmern
im Gold, aus dem die Sprache gewirkt ist.
Schreib, nur komm nicht ins Stocken,
bedruck die weißen Wüsten, setz die stumme
schwarze Spur.
Niemand kehrt zurück von den langen
Streifzügen nachts,
und die Schnecken, von allen vergessen, werden
sterben im feuchten Gras.

In frischem Schnee, wie in Servietten, liegt
Mitteleuropa.
Die träge Geschmeidigkeit der Zigeuner erschien mir
immer echt,
denn nicht jeder ergattert den klebrigen Groschen.
Hättest du in ihre Pässe geschaut,
die nach Senf und Safran duften,
hättest du ihre kaputten Akkordeons gehört,
die nach Leder und arabischen Gewürzen riechen –
sie sagen, wenn du gehst – wohin auch immer –,
entfernst du dich nur, kommst nie
näher, als du schon bist;

wenn das Lied der alten Grammophone verstummt,
quillt Schmiere hervor
wie Tomate aus aufgerissenen Dosen
Fertigsuppe.

Nicht hinter diesen Türen, nicht in den sonnen-
durchfluteten Städten
zerreißt jeden Morgen das erschöpfte Herz der
Epoche.
Die Zeit geht tatsächlich vorbei, aber sie geht so nah
vorbei, daß du,
siehst du hin, schon ihre vollgesogenen Fasern
unterscheidest
und das Geflüster wiederholst, in ihren Sätzen
vernommen,
als wolltest du, daß man später, irgendwann einmal,
deine Stimme erkennt und sagen kann –
so entstand eine Epoche,
so drehte sie ab – schwer wie ein Bombenflugzeug,
ließ erloschene Planeten und überlastete
Telefonzentralen zurück,
verscheuchte die Wildenten aus den Flußauen,
auffliegend überschreien sie
Lastträger,
Gott,
Frachtkähne.

Wenn du einen Kurs belegst, solltest du
neben den anderen Dingen erkennen –
ja, die Kultur zu Anfang des Jahrhunderts

hat sich schon durch die Venen deiner willigen Hand
aufgeprägt,
sie hat sich in den Bruchstellen deiner dichten Haare
eingenistet,
die unbekümmert im Wind flattern, über den Fingern
verwehen
wie ein warmer Wasserstrahl über dem Waschbecken,
wie farbiger Halsschmuck aus Ton über irdenen
Töpfen und Aschenbechern,
wie der lange Herbsthimmel
über dem Maisfeld.

Die käuflichen Dichter der Sechziger

Die käuflichen Dichter der Sechziger sollen froh sein,
daß alles so glimpflich abging,
Gefahren gab es ja mehr als genug,
doch sieh an – sie sind durchgekommen, haben
ihre Kredite zurückgezahlt,
nur daß die Kriegswunden
pochen in stürmischen Zeiten
wie Menstruationsschmerz.

Die käuflichen Dichter der Sechziger tragen
Koffer aus gelbem Kunstleder mit sich herum;
wenn sie in Hotels wohnen,
klemmen sie den Hörer unters Kinn wie eine Geige,
und ihre Koffer sind voll Werbeaufkleber.
Vietkong, Süße, das ist unser kollektives Unbewußtes.
Was willst du von mir? – Achtlos wirfst du die
zerknitterte Visitenkarte weg.
Ein Visum mehr im Paß,
eins weniger.

Irgendwann auf dem verschneiten Flugplatz
fallen einem von ihnen die Vorträge wieder ein,
Berliner Rundfunk, Brücke über die Wisła.
»Gut«, denkt er, »stimmt,
das waren keine schlechten Zeiten, unsere käuflichen
Sechziger,
auch wenn mir seither der Kopf
schwirrt von Päderastie und Sozialdemokratie.

Uns leitete die Liebe,
die Liebe riß uns die Mandeln raus
wie man in Telefonzellen die Hörer rausreißt.
Poesie wird mit der Kehle geschrieben,
aber die Kehle ist hoffnungslos wund.«

Nach den Gesetzen der Literatur,
unter den Bedingungen der von ihnen unterzeichneten
Verträge
haben sie tatsächlich für die Freiheit gekämpft,
aber die Freiheit verlangt bekanntlich,
daß immer mal wieder um sie gekämpft wird –
in Gräben, Wäldern
und auf den Seiten der freien Presse.

Wenn wir hier über Poesie sprechen,
gedenken wir jener, die zurückgeblieben sind
in den Gassen und an den Stränden der guten
alten Sechziger,
all jener, die den Rehabilitationskurs nicht
beendet haben
und über denen bis heute Wolken schweben,
die strukturell an den amerikanischen *vers libre*
erinnern;
wir gedenken ihrer, denn das, was ihr Zeit nennt,
erinnert an den gewöhnlichen Schlachthof,
wo die Därme rausgerissen werden,
weil da der Ort dafür ist;
am Ende überleben nur
die käuflichen Dichter,
mit ihren von der Liebe
zerfetzten Lungen.

Serbo-Chorvatska

Die junge Serbin geht über die Straße,
am Basar des Herbstes vorbei mit den ausgehängten
Waren,
und sieht, in diesem Herbst durchdringt das Gold die
Schals, das Gemüse –
die warme Zwiebel zum Beispiel;
von Licht erfüllte Restaurants,
Porträts von Kaisern
an den Wänden.

Die Wärme des Herbstes, sie streift auch dich,
die junge Frau wühlt in ihrem Rucksack,
legt ein Handy, Bleistifte auf den Tisch;
es kommt der Winter,
es kommen die Träume,
aber der Himmel wird jeden Herbst schwerer
und der schlaue Teufel
angelt sich die Sünder
wie fette Datteln
aus bunten Tüten.

Bittere slawische Laute;
sie erzählt, wie sie in der Trafik Umschläge kaufte,
wie sie die U-Bahn betrat
und Tauben um sie aufflatterten wie im Regen;
während sie erzählt, fällt keinem auf, daß die Sonne
untergeht,

es fällt nur auf, daß ihre Wangen
ein wenig dunkler werden.

Versuch ihr jetzt zu erklären,
daß die Uhren des Herbstes,
wenn man sie nicht rechtzeitig abnimmt,
einfach überreif werden und
Kleidung und Hände mit ihrem Saft bespritzen,
auf den dann die Wespen fliegen
und dir mit dem Stachel die Haut durchbohren
bis ins Herz.

Die Putzfrauen der Korridore

Langsam scheuern sie den Boden wie ein Deck,
die alten Putzfrauen der Korridore;
hörst du, sie flüstern miteinander auf der Treppe,
sie gehen ängstlich an den Wänden entlang,
mit langen Haken fischen sie aus dem Wasser
Wasserratten und bittere Traumbilder.

Die Zimmer mit Dämmerungen überladen
wie die Kreuzer mit Kohle;
die Putzfrauen der Korridore
kratzen mit scharfen Messern die Schuppe ab,
Zigeuner jagen Nadeln in die Morgensonne;
der Herbst geht zu Ende,
und die Himmel sind so dunkel, als häufte jemand
abgehackte Hühnerköpfe auf
und schwarze Rosen.

Wenn sie das Blut abgewaschen haben,
treffen sie sich auf Bahnhöfen, trinken angewärmten
Wein
und sprechen davon,
daß die Fische heute in der Donau umherirren,
im Flachwasser nicht auftauchen können
ohne nächtliche Lichter
von Schiffen,
ohne die Stimmen vom Ufer,
ohne die Löcher und Tunnel
im verfluchten Eis.

Polnischer Rock

Im Einschlafen dachte sie an den Fluß –
irgendwo in den Niederungen des Traums, in denen sie
sein Gesicht vergaß,
leuchtete das erkaltete Flußbett bronzefarben herauf,
obwohl Schnee das Wasser bedeckte;
später tauchten alte Nachkriegslokomotiven
aus dem Nebel auf
und Arbeiter in blauen Jeansoveralls.

Wir fanden uns auf verschiedenen Seiten des Winters,
und die Stimme des Ansagers, in einem
Zufallstaxi aufgeschnappt,
erinnert dich noch
an die achtziger Jahre und ans Radio,
in dem ständig polnischer Rock lief;
Rock 'n' Roll, den die Schlosser in den
Eisenbahndepots hörten,
Rock 'n' Roll, der über die Karpaten flog
und irgendwo bei Rawa-Ruska* die Luft durchdrang;
unser Land ist nicht groß genug, um sich aus dem
Weg zu gehen,
unsere Luft nicht weit genug, um andere Musik
zu hören.

* Das heutige Rawa-Ruska ist ein kleiner Ort, der im Zhowkiwskij-Kreis des Gebietes Lemberg (Westukraine) liegt. Bekannt geworden ist es allerdings unter seinem früheren Namen Grodek in dem gleichnamigen Gedicht von Georg Trakl. (Anm. d. Ü.)

Ich denke, wenn es eine direkte Verbindung zu Gott
gäbe,
ginge sie über jene warmen, braunen Hüllen
polnischer Rockplatten
mit den leichten Kratzern von Gottes Fingernägeln
auf der schwarzen Fläche;
du kannst seine Vinylhaut sehen,
du kannst sein Erdbeerblut fühlen,
wenn du den Staub abwischst und
die Rillen reinigst
mit dem essiggetränkten Schwamm.

Die vom Wind aufgescheuchten Vögel
suchen sich, zur Ruhe gekommen, einen Platz
zwischen den Herzschlägen
und wissen nicht, daß sie von dem träumt,
den sie im trockenen Flußbett vergißt;
ihr gesamtes Lebensgepäck sind Flecken auf der
Haut und
Fahrscheine in den Jackentaschen;
da wälzt sich der Winter von Hügel zu Hügel,
und die heiße Zeit wird kommen,
wenn aus der Erde lauter verschiedenes Zeug sprießt,
daß die Luft ein wenig nach oben steigen muß,
um die langen, hohen Stengel nicht zu behindern,
die aus dem Nichts wachsen und ins Nichts ziehen
direkt unter ihrem Fenster.

Grundschuljahre

Und wieder beginnt alles von vorn,
ich rede so, als sähe ich sie zum ersten Mal –
alles wie immer, nur kälter als sonst
der Wind in den Briefkästen,
und in den Streichholzschachteln klimpern traurig
blanke Münzen.

Es kommen einfach die Jahre,
da man von Gleichaltrigen zu träumen beginnt,
als kehrte die Zeit zurück, um das Vergessene zu
finden.
Die ewig hungrigen Wolfsjungen – wie viele von ihnen
haben überlebt?
Ihre Wanderungen ins Nirgendwo
sind gewöhnlich von den Hauptstraßen ausgegangen.
Durch die Fenster der Busbahnhöfe dem Leben
zusehen,
auf einer Reise sterben, die niemals enden wird –
vor zehn Jahren hast auch du
so oft ein fremdes Shampoo benutzt,
daß dein Haar bisweilen
seinen Geruch verlor.

Und jetzt reißen die Träume einfach ab
in deinem Körper wie Ferngespräche,
und die Julibusse,
deren Sitze nach Sanddorn und Johanniskraut riechen,
kehren in deine Stadt zurück,

dort findest du Sommer für Sommer verrostete
Klingen im Badezimmer
und Cola-Automaten auf der Straße.

Was hat sich verändert? Gewachsen sind die Bäume,
verschwunden die alten Kinos
und Molkereigeschäfte.
Nur das Regenwasser ist noch genauso süß,
besonders, wenn es über die Äpfel rinnt.
Sie werden schwerer und schwerer
und fallen, fallen in den Sand,
stürzen sich zu Tode
unter den heißen Himmeln.

Leben heißt sterben

Im Sommer, wenn Ringe und Nägel glühen
an Fingern von Männern in Bahnhofshotels
und in der Dämmerung die Hochhauskinder
ihren schwarzen Fußball ans Herz drücken;

im Dunkeln, wenn der Rosé in den Weinkellern schal
wird,
kriecht der Schneckenzug nach Budapest
staubig und klapprig unterm Mond dahin.

Wenn du mal tot bist, gehst du weiter
durch die nächtlichen Höfe und siehst, daß
der Tod Pfefferminzbonbons in der Hand hat,
sie an die Kinder in der Bahnhofswildnis verteilt.

Im Sommer, wenn der warme Futterstoff des Lebens
gewendet wird,
wenn Kleinwagen, grell wie Lippenstift, zu Bruch
gehen,
kommt der alte Apotheker heraus,
verkauft Tag für Tag Aspirin,
spielt ein unbekanntes Spiel mit dem Tod;
ohne dich geht das Leben nicht los, lachen die Frauen
auf dem Platz,
leben heißt sterben, sagen dir die einsamen Kuriere,
die in Rucksäcken trockene Himmel tragen.

Wenn du mal tot bist, trittst du zurück in den Schatten
und siehst, wie hilflos dein Körper zwischen den
Halmen
des dichten Grases nach dir sucht;
mitten im Sommer gestorben,
die Fäden gekappt, an denen Postboten zogen,
reißen die Seelen der Verstorbenen wie dornige
Hauhechel
ihre Vertikalen in die Luft.

Versuch es, wenn du weißt wie,
versuch es, reiß mich aus den nächtlichen Eingeweiden
des Landes,
reiß mich aus den unsichtbaren Abzugsschächten in den
Himmel,
durch die uns die Liebe erreicht.

Wer hält die Insekten und Geister auf,
wer vertreibt sie aus deinem Körper?
Unterm Sommerhimmel duftet unsere Erde
Jahr für Jahr so schmerzlich nach Mond und
Verbandszeug.

... Nach dem Tod trittst du einen halben Schritt
zur Seite
und siehst durch die Nähte der Luft,
wie geheimnisvolle Filmvorführer
einen großen Himmelsprojektor
auf deinen Körper richten,
damit die Seelen der Toten
und die smaragdfarbenen Schatten der Käfer
gegen sein Licht fliegen ...

Die Poststelle

Die Poststelle, über die das Tauwetter kriecht,
und Kaufhäuser am Morgen, durch die
Pizzaträger laufen –
wie leicht du alles hältst, was du brauchst,
eine Haschischpfeife
einen Becher Tee
das Wintergeschirr, honigbeschmiert,
wie du Zugluft und Briefwechsel meidest;

ein Blick auf die Stadt, die gänzlich verstummte,
der Straßenhandel ist nicht sehr schwunghaft zu dieser
Stunde,
zwei, drei Maroniverkäufer
schauen zum Himmel,
und es schneit, doch so kümmerlich,
daß er schon im Fallen taut, der Schnee, und kaum
die ersten Vogelschwärme erreicht;

die Vögel spielen miteinander –
über ihren Köpfen soviel Schnee
und soviel Leere unter ihren Flügeln,
daß sie gern lange unter niedrigen Brücken flögen
den Maronigeschmack im Schnabel

jeder kann etwas finden, wenn er nur gründlich sucht
Engel streuen dir Bauschutt und Diamanten vor
die Füße,

die ratlose Sonne mitten im Winter,
alles, was sie kann, ist einfach wandern,
von Osten nach Westen, Liebste,
von Osten nach Westen.

Elegie für Ursula

Schiffe, mit spanischem Knoblauch beladen,
sind nach langer Fahrt im Hafen eingelaufen,
mit Muscheln behängt wie mit falschem Gold.
Ich weiß – in dieser Nacht
rochen bis zum Morgen die trockenen Bettlaken
scharf nach Matrosenanzügen und Harz;
Sterne flogen zum Ufer wie nie zuvor,
und bis du aufwachst, sind dir Schiffe, Bojen
umfahrend,
zwischen die Finger geraten.

Was konntest du noch sehen, bevor du starbst?
Der ununterbrochene Luftstrom erlaubt nicht,
den Atem anzuhalten, der ununterbrochene Atem
hält nicht inne, wenn du die Grenzen überschreitest.
Was erlaubt man dem Sterbenden
zuletzt noch zu sehen?
Irgendwo im Norden des Kontinents begann das Eis
zu wachsen,
und die Herzen der Zwiebeln
sind vor Tagesanbruch erkaltet und haben zu schlagen
aufgehört.
Hast du den Schnee im Rachen
der Fische gesehen, die aus dem Wasser
gesprungen sind?
Und hast du den Fluß erkannt,
der sich das steinerne Relief hinabwand
wie ein Haufen nasser, schwerer
Bettlaken?

Mit meinen achtundzwanzig
fallen mir so viele Namen ein,
über die heute keiner mehr spricht,
so viele Namen, bei deren Nennung
sich der Rachen mit Blut und Schnee füllt,
so daß ich kaum wagte, im Konjunktiv über dich
zu sprechen;
für mich ist sterben wie aus einem
leeren Zimmer in ein anderes gehen und
einen Luftzug erzeugen, der die Steckdosen
herausreißt
und den Zurückgebliebenen das Blut erstarren läßt.

Die jungen mutigen Vögel mit den wind-
zerzausten Herzen,
die Wellen der nördlichen Seen, die sich – das Wasser
bis zum Hals –
nicht trauen, ans Ufer zu treten,
und die hohen Bäume, um ihre Blätter gebracht wie um
die Staatsbürgerschaft:
Komm zurück, hierher, wo die matten Perlen des
Wartens auf den Lidern hart werden,
wo Algen und Ziertabak auf Sand gedeihen,
wo die Deckjungen von den versunkenen Schiffen, die
bei der Stange blieben und keine Ruhe
fanden, sich am Morgen treffen,
und über ihnen bis in die Nacht die Seelen
der zermatschten Apfelsinen fliegen.

Rubber Soul

Wie jede Geschichte
geht auch diese Geschichte einer Kinderfreundschaft
allmählich zu Ende.
Die Jugendlichen, ewig
verliebt und erkältet,
versuchen ihre weit auseinandergehenden
Reiseeindrücke zu bündeln,
es verschlägt ihnen die Sprache
im Mairegen,
der sich in ihrem Haar versteckt,
so daß du ihn jetzt
mit keinem Kamm herauskriegst.
Nur die Ertrunkenen – die Engel der trägen Flüsse
stehen unter dem Wasser und
biegen sich in der Strömung
wie Seerosenstengel,
und nur die zänkischen Krähen fliegen von Himmel
zu Himmel und staksen gelangweilt
über den oberen Acker,
tragen auf dem Rücken ihren
Hausrat und gestreifte Säcke voller Federn.

Wie alle Dinge
sind auch die Dinge in dieser Geschichte geeignet
offen ausgesprochen zu werden,
obwohl ihr doch
über keine einzige miteinander reden konntet.
Auf einmal erscheint alles so leicht und einfach –

Geister, die
ihre Fischgesichter
aus dem Regen strecken;
Kaffeebohnen, die
im warmen Boden
ihrer Schlaflosigkeit
Wurzeln
schlagen;
ihre Bettlaken wie
Postkarten
mit Aufrufen von Streik-
komitees.

Chinesische Küche

Warm Beer and Cold Women …

Tom Waits

MUSEUM

Chinesische Küche

Es geschah vor ungefähr fünfzehn Jahren, wenn ich
nicht irre.
Gleich hier, in der Nebenstraße, vielleicht erinnerst du
dich, steht so ein hohes Gebäude,
dort wurden damals Zimmer vermietet,
und da zogen ein paar Chinesen ein, die anscheinend
Stoff im Magen beförderten
wie nie gesehenen Himmelskaviar, der diese abgefuckte
Zivilisation zerstören kann.

In den Zimmern wohnten lauter Scharlatane und
Taxifahrer
und Ballonfahrer, ihrer Himmelsgefährte verlustig
gegangen, alle machten in der Küche Kaffee
und hörten Jazzradio,
und die Dinge begannen im Dunkeln zu leuchten und
warfen keine Schatten,
die früheren Rugby-Spieler, bei Bier und Kartenspiel,
rauchten Camel und redeten über
ihr beschissenes Rugby.

Bei den Chinesen lief es mit dem Geschäft nicht so gut,
darüber wurde dann viel geschrieben,
du weißt selbst, wie das ist: irgendwann haben sie mal
nicht richtig geteilt – und überhaupt,
und so lieferten sie sich eine schreckliche
Schießerei direkt im Hinterhof,
jagten die Ratten in die Keller und die Vögel
in die Himmel.

Ich gehe dort von Zeit zu Zeit vorbei, auf dem
Heimweg, ich mache einen kleinen Bogen,
betrachte die Feuerleitern und den Himmel, an dem es
im Grunde nichts gibt als Himmel,
und weißt du, manchmal kommt es mir vor, als stürben
die Menschen in Wirklichkeit daran,
daß ihnen einfach das Herz stehenbleibt vor
Liebe zu dieser
merkwürdigen, phantastischen Welt.

Hotelbusineß

In die billigen Berliner Hotels, von Russen geführt,
keine Bonbons an der Rezeption und in den Zimmern
– entsprechend –
keine Briefumschläge mit Hotelaufdruck,
wo die Zeit vergilbte Badewannen hinterließ,
in denen Fische und Skorpione gedeihen,
kommen Gäste, durchtriebene Typen,
die einiges zu erzählen haben von dieser Zeit, bevor sie
mit Pulle und alten Mundstücken ins Bett kippen.

Während sie reden und am aufgeschnittenen Schinken
kauen
aus dem Laden gegenüber,
und die Asche ihrer Zigaretten aufs Bett fällt
wie Schnee auf Hafenstädte,
schiebt sich der Mond von der Straßenecke näher an die
Kirche,
und die Zimmermädchen machen sich an den
Morgenputz,
finden Kondome in den Duschkabinen
und Handtücher voll Blut.

Und eines Tages mietet ein Mann sich ein im Hotel,
zeigt an der Rezeption seinen Studentenausweis
und schließt sich im Zimmer ein.
Morgens bringen sie ihm noch das Frühstück, und er
steigt mit dem Tablett, in Kleidern und Schuhen,
in die Wanne und läßt Wasser einlaufen.

Nachdem sie ihn erst am nächsten Tag gefunden
und die Polizei gerufen haben,
unterhalten sich die Zimmermädchen lange –
wie viele Schlaftabletten muß einer schlucken,
um einfach im Wasser zu sterben,
sieh an, der Tod kann auch nach türkischem
Kaffee riechen,
und was sollen wir jetzt bloß tun, danach.
Städte, von der Gier einsamer Frauen zerfetzt,
der mit Spucke junger Emigranten beschmierte
Mond –
das ist alles, worüber sie reden, wovon sie was erzählen
können,
wenn jeder Schluck und jeder Zug
nur Anlaß sind, das endlose Gespräch fortzusetzen.

Kaum jemand ahnt die Grenzen des Sichtbaren,
besonders in jenem Zimmer mit Nachttischlampe,
aus dem es kein Zurück gibt, keine Erklärung,
du glaubst doch nicht der erschrockenen Putzfrau,
die als erste das Zimmer betrat
und gerade noch sah, wie im Wasser
aufgeweichte Geldscheine und schwarze
Delphine schwammen
und von der Decke am feinen Netz
sich Spinnen und Engel abseilten
und Rosenblätter ins Chlorwasser streuten.

Kindereisenbahn

Vor dem Straßenregen flüchten wir in die Hörsäle,
im März, wenn die Verrückten in Scharen durch die
Stadt streifen,
sich in Buchläden und öffentlichen Toiletten
aufwärmen,
wie Tritonen ihre braunen Augen zum Licht wenden;
freigebig schöpft die Zeit aus ihren Gewässern
und schüttet dir reichlich Muscheln und Schnecken,
Kometen und Flußgestein in die Hände.

Früher blieben alle Bahnhöfe in meiner Stadt zu dieser
Stunde
stehen wie Wecker
mit tausend überdehnten Federn;
unterm Himmel versteckt,
der mit zwei Gestirnen flog
wie ein Mensch mit zwei Herzen,
sangen rothaarige Mädchen, die Dämmerung auf ihren
Zungenspitzen,
ein Lied von alten Waffen, Kleidern und
verwesten Taranteln
die sind unter Kohle vergraben,
und von der Anhöhe, wo die Stadt aufhört,
sah man die Eisenbahn,
mit der die Arbeiter nach Hause fuhren.

Wieviel Feuer, wie viele Tränen, wieviel Kohle
verbrannte in den Lungen, Segeln,
aufgespannt in der Bergbausiedlung.
Sag, warum zieht der Himmel all seine Köstlichkeiten,
seine Güter und Gestirne ein,
wendet sich um und verschwindet hinter der Anhöhe?

Jeder unsichtbare Atemzug der Nacht für Nacht zu
Tode gequälten Schmetterlinge,
Jedes Waisenkind, das seine Decke am Morgen
zusammenlegt wie einen Fallschirm,
Jede Klarinette in deiner Kehle, die dich nicht atmen
läßt,
die Stimme in einen Schatten und den Jazz in
eine Krankheit verwandelt,
wurde mit unserem Leben bezahlt.
Bleib bei mir. Als Überschrift gesetzt,
wächst die Erfahrung wie ein Gerüst,
verstärkt die anfälligen Kinderlungen
mit Drähten und Kreide.

Und auch der Schnee, wie alte Leinwand
in riesige Himmelsschubladen gelegt,
deckt deine Trauer nicht zu. Sieh nur –
Luftzüge wandern von Grenze zu Grenze,
wie Blindgänger liegen die Bahnhöfe in der
Dunkelheit,
die einsamen Nachtzüge schwimmen wie Schlangen in
Seen
durch das Dunkel und fegen mit ihren Schwänzen
um dein Herz.

Die innere Farbe der Augen

Da auf den Stufen der Universität sitzt eine Frau,
noch keine dreißig,
und raucht Camel.
Nach dem Regen,
der ihre Haut
durchsichtig macht, daß darunter
Algen und Sand leuchten,
denkt sie – vom Himmel, da rieseln wieder
kalte Klingen, silberne Nägel,
und tödlich verwundete Schnecken,
in zwei Hälften zerhackt,
fallen wie die Kreuzritter in der Wüste Palästinas.

Man muß lange reden,
Wörter und Namen von Dingen
flüstern und aussprechen,
damit die Luft um sie herum
nicht so leer erscheint.
Nach dem Aufwachen
legen ihre Männer
den Kopf an den Wecker
wie an eine Muschel
und lauschen, wie in fernen Seen
massige Schildkröten
den Schlamm abwerfen.

Du rufst sie nicht mal an bei Gelegenheit;
weil es sich manchmal lohnt zu sterben, um zu
begreifen,
genau das war das Leben,
und weil du manchmal die Augen zusammenkneifen
mußt, um zu sehen,
auf welcher Seite des Traums du bist;
nach einem Wetterumschwung steigt wieder der
Druck,
davon platzen die Kapillaren
in den Augen zufälliger Schmetterlinge,
die Haut erwärmt sich,
das Wasser in den Hähnen und Gefäßen
verwandelt sich in Blut,
und wieder kann sie sich den ganzen Tag
weder Tee machen
noch Kaffee kochen.

A
B.

LT METALLE
IFL
Eingang Rückseite

Der Gebrauchtwagenhändler

Im Jahr 80, als Tito starb,
standen hoch oben am Salathimmel Europas
einen Moment lang die Räder still, die in den
Bergwerken
an unseren Grenzen Erz und Silber erhitzten.
Große Augenblicke, eine Zeit, die Helden zeugte;
wenn du heute herumziehst in einem fremden Land,
bleib am Basketballplatz stehen,
und schau, wie die Jugendlichen mit Eisenstangen
in den Himmel stechen, damit er
schneller zieht.

Der Kampf, den wir verloren haben,
sagt keinem mehr was;
in Irish Pubs greifen Männer in die
Tasten und singen
Hymnen an die unbeschwerte Obdachlosigkeit.

Jede Taste –
ein anderer Ton,
die erschöpften Finger stimmen die Saiten,
um noch was anzufügen
über unsre Liebe
und unsre Qual.

Der Augenblick, wenn im Küchendunst das Fett
zu sieden beginnt
und die Köche mit Messern das fügsame
Grünzeug zerkleinern,
der Augenblick, wenn im Dunkel der Höfe
Röcke verschwinden,
in der Farbe des Herzens und der *sauce tatare.*

Der Herr hat uns unsere Grenzen gegeben,
unsere Wut und Kühnheit, unser Kokain,
ich werde immer noch nervös,
wenn ich zum Abendmahl gehe oder Kohle
verschiebe von einer Bank
auf die andere.

Darum spiel das lustige Lied zu Ende,
wie wir uns einst begegnet sind
unterm bestirnten Himmel,
und seitdem voll Unruhe verfolgen,
wie unser Himmel
Stern um Stern
verliert.

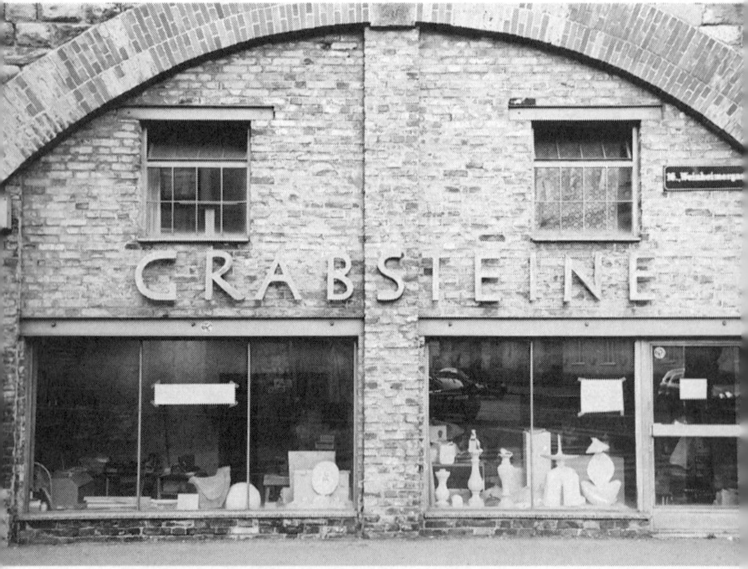
GRABSTEINE

Nichtkommerzielles Kino

Auf einem Foto, das ich in meiner möblierten
Wohnung fand, steht ein Mädchen
so dreizehn, vierzehn, im recht knappen
Badeanzug
irgendwo an einem Strand, vor einer Steilküste,
das Mädchen schaut frech in die Kamera, als wollte es
sagen: »Hey,
ihr Schwachköpfe, das bin ich«, darunter steht
»Bukarest, 1986«, sie müßte
jetzt um die dreißig sein, wir sind etwa ein Alter,
natürlich nur, wenn sie in ihrem Bukarest
nicht an Alkoholismus krepiert ist,
der in Bukarest vielleicht gar nicht behandelt
wird, bei uns übrigens auch nicht.

Interessant, jetzt erinnere ich mich an die Zeit
und denke – mit welchem Brei
haben sie unsre Köpfe vollgestopft! All diese
penetranten Ideen der Intellektuellen aus
den Siebzigern
irgendwelche Geschichten über Beat und linke Profs,
über Gewissensfreiheit
und den neuen Jazz, den die Weißen reanimieren
sollen, und anderer Schrott,
jetzt sind fünfzehn Jahre vergangen, und du kannst nur
zufällige Zeugnisse
der großen Erschütterungen zusammentragen,
und die Gleichaltrigen,

die du nicht kennst, über die Kontinente
verstreut, gehen jetzt, wenn sie nicht
an Kommunismus und Syphilis gestorben sind,
der Geschichte ihres Landes an die Gurgel,
wollen ihm seine schändliche Kapitulation nicht
verzeihen, richtig –
die Engel hätten dreimal überlegen sollen,
bevor sie sich einlassen mit solchen
Idioten, selbst schuld, nun müssen sie ihnen aus
der Depression helfen
und Gebetbücher kaufen, letzten Endes wiederholen
wir ja nur,
was in den Himmeln abläuft, denn was ist der Himmel,
wenn nicht ein System
aus Spiegeln, so angeordnet, daß man
nichts erkennen kann.

Alles hängt von der Jahreszeit ab und vom Wetter,
wenn du in einer alten
europäischen Hauptstadt lebst, gefüllt mit
frischem Emigrantenfleisch,
bestimmst du selbst, was du machen willst,
gehst zum Beispiel in ein kleines Kino in einer
Nebenstraße, nicht weit
vom Zentrum, wo richtig alte Filme laufen, wo im Saal
in alten abgewetzten Sesseln ein paar
Rentnerinnen sitzen
und die Perversen und die ewig jungen Mädchen
anschauen,
deren Gesichter seit den ersten
Kindervorstellungen im Gedächtnis haften,

dann gehst du nach Hause, kehrst in die Wohnung
zurück, wo
mit jedem Jahr weniger Luft bleibt, immer mehr
Dämonen
auftauchen, die sich nachts, wenn du schläfst,
um dein Bett versammeln, die Tätowierungen
auf deinen Armen studieren
und die interessantesten Bilder mit Zitaten
aus dem heiligen Augustinus kommentieren.

gürtel
nightwalk V
samstag
31·08·02
UNDER
CHELSEA
strike anyw
EKH
LIPKI
CKELE
CLAWFIN

Wettbüros

Echte Freude und echte Verzweiflung wird in diesem
Leben nur empfinden, wer alle möglichen
Details beachtet, Dinge, von denen auf den ersten Blick
wenig abhängt. Sagen wir, die afghanischen
Jungs, die besten im Halbmittelgewicht,
auf die vor allem Zirkus-
manager setzen und ehemalige
Offiziere der Luftstreitkräfte –
wer, wenn nicht sie, sollten
den Haß in allen Spielarten kennen,
die ekelerregenden Anfälle von Nostalgie,
wer, wenn nicht sie, reißen ein Loch in die dünne
Hülle der Zeit und sehen für einen Augenblick
die Zukunft, erfüllt von
Licht, Gras und Straßen-
vögeln.

Mir gefallen Männer, die über
vierzig sind. Sie werden ruhiger
und haben keine Angst mehr vor dem Alter. Ihr Dasein
füllt sich mit der notwendigen Menge verschiedener, ur-
männlicher Dinge – schweren mechanischen Uhren,
handlichen Füllern und guten Zigaretten,
nicht dieser leichte amerikanische Scheiß.
Und so fordern sie in der Regel das Schicksal heraus,
betreten seinen Hinterhof,
um mal wieder zu spüren, wie sich ihre Herzen
zusammenziehen,

die ohnedies dunkel und prall sind
wie Geldbeutel aus Schweinsleder.

Wer redet von Gewinn, wer redet von
Kohle, wenn es um ihr Gewissen geht
das ihnen das Leben schwermacht, nachts
ihre Betten mit glühenden Kohlen und
Bierdeckeln zuschüttet.
Denn egal wie lang du lebst, du schaffst es
trotzdem nicht
zu verstehen, wer dir dieses Leben geschenkt hat,
so daß du dich bei ihm, wenn ihr euch trefft,
sowieso nicht
bedanken kannst.

Beerdigungskapelle

Geschichten von Morden, Messerstechereien,
mißglückten Abtreibungen, überhaupt –
Geschichten von Verbrechern reizen
zu Vergleichen, in diesen Geschichten
sind die Männer mutig und demütig, und die Kinder
flechten sich die dornigen Rosen
der Gegenwart Gottes ins Haar, in diesen Geschichten
eilt der Tod immer voraus, als wollte er sehen,
wie alles ausgeht, vielen gefällt es,
daß der Tod schon zu Lebzeiten beginnt
und sein Jungsgesicht zeigt.

In diesen Geschichten tauchen früher oder später
die Musiker
der Bestattungsfirma auf, sie springen aus einem
klapprigen
Bus in den Friedhofsschlamm und holen unter
ihren Mänteln
Dudelsäcke, Posaunen und Jagdhörner hervor, wälzen
Regimentstrommeln und Drehorgeln ins Freie
und blasen
den großen Friedhofsjazz über den Särgen, die blutige,
unbändige Musik der Verzweiflung
und des Ungehorsams, leiernde Gangstermelodien,
die alten
Schlager, populär unter Matrosen und Prostituierten,
und dann seufzen alle erleichtert, die den Verstorbenen
auf seinem letzten

Weg begleiten, denn das ist das Ritual,
so sind die Regeln, oder so ähnlich, doch in
Wirklichkeit
fürchten sie sich nicht vor den Toten – sie fürchten sich
vor dem eigenen Tod.

In diesen Geschichten kommen immer auch Frauen vor,
das ist ein anderes Thema – die
Vierzigjährigen, an denen auch jetzt noch
die Leidenschaft und Unentschiedenheit
siebzehnjähriger Mädchen auffällt,
sie beweinen das abwegige Leben, verschwendet an
Kleinkram wie Liebe und Hingabe, sie erinnern sich,
wie das war,
als die große Depression in unserem Land begann,
sie wiederholen bis heute flüsternd die Worte,
mit denen sie sich von ihnen verabschiedet haben:

alles bestens, Mädel, du brauchst keine Pillen,
ich will mehr Liebe als du Kinder willst,
das Leben stand nicht still, wie wir dachten,
siehst du – noch immer
kommen am Morgen die Kuriere vom Bahnhof und die
Liebenden
verabschieden sich auf der Treppe,
ich bleibe bei dir, werde auch weiterhin zuschauen,
wie dir die Gottesanbeterinnen auf die Hand kriechen
und anfangen,
sich über deinen schlafenden Körper zu bewegen,
schenkt ihnen Geduld, ihr Himmel,
auf dieser endlosen Wanderung.

Eine Frau für dreißig Dollar

Der Winter belagert die Stadt,
nicht die beste Zeit
für den, der vom frühen Morgen an
ziellos umherstreift.
Dämonen und Säufer sind in den Bahnhöfen
verschwunden,
wärmen sich in Fotokabinen auf,
gehen nicht nach draußen.
Die Himmel in den vom Alkohol geweiteten
Pupillen der Jugendlichen, ihre Stimme, die erstirbt,
wenn sie über Frauen sprechen –
  wie sie Rotwein trinken,
  wie sie sich ausziehen, wie sie krampfhaft weinen
  und heißen Lippenstift auf Kleidung und Servietten
verschmieren.

Dir fällt genau so viel Leben zu,
wie du mit Atem und Händen
erwärmen kannst –
auf dem Fluß Schnee
und in der Wohnung Reste von Tabak und Zucker
und ich kann immer sagen:
mach's gut, Mädel,
das Land, in dem ich lebe,
ist vielleicht gerade deshalb nicht zusammengebrochen,
weil hier noch ein paar Leute einander lieben – ohne
Hysterie
und Kondome, sie wechseln

einfach ein paar Worte,
treffen sich irgendwo auf der Straße,
auch ohne genau zu wissen,
wo die Frauen ihren Rotwein trinken,
wo sie aufstehen und dann krampfhaft weinen
und dabei heißen Lippenstift auf Haut und Servietten
verschmieren.

Du schaust auf die Welt jenseits deiner Fenster,
auf die Welt, mit allen Himmeln, die auf ihrer
Oberfläche treiben,
und denkst,
selbst wenn sie es auch dieses Mal schaffen zu
überwintern,
was machen sie dann mit ihrem Problem? –
Denn es hängt doch so wenig von uns ab,
das Leben hat ja weder Ende noch Anfang
und nach jeder großen Liebe
bleiben leere
Wartesäle zurück.

Alkohol

Grünes Wasser steht in warmen Flußbetten,
Fische jagen wie Luftschiffe das Plankton auseinander
und die gequälten Vogelfänger versuchen jedes Wort
zu erhaschen.

Laß den farbigen Stoff und das Klebeband nicht los,
mit denen die aufgeschlitzten Venen unserer
Heldenzeit umwickelt sind.
Irgendwann machst du endlich das Radio aus
und gewöhnst dich an sie, gewöhnst dich an
ihren Atem,
und sie, dein T-Shirt übergestreift,
holt dir nachts Wasser.

Auf der Sommerterrasse laufen Teetassen
mit Regenwasser voll, füllen sich mit Zigaretten-
stummeln,
wir haben eine Erkältung, reden endlos –
du merkst nichts vom Morgenregen, denn du
gehst spät zu Bett
und stehst spät auf;
ich schreibe Gedichte, wie ich
diese Frau liebe und mir
immer neue Wörter ausdenke,
nur um es ihr
nicht zu sagen.

Kinderkreuzzug

Their children will not speak Spanish
or kneel in any Christian church ...

William Burroughs
The Revised Boy Scout Manual

Kinderkreuzzug

Du hörst, wie alles vergeht,
du hörst, wie alles stehenbleibt,
alles ist irgendwie schon vorbei, verstehst du,
deine Welt und dein persönlicher
Jesus, die deine schweren Zeiten mit dir durchlebt
haben,
jetzt gehen auch sie schweigend fort, denn alles existiert
nur solange
du es im Blick hast, doch nun, sieh an, wieder ein
Sommer,
wieder wechseln die Jahreszeiten,
du überlegst,
wer vor einem Jahr noch am Leben war um diese Zeit,
wer schon von seiner Krankheit wußte,
wer geahnt hat,
daß er sterben wird.

Ständig die Geister der Toten morgens um fünf
im Treppenhaus,
ständig die Gesichter der TV-Moderatoren im Traum,
der Tod kommt in der Regel an Morgen
wie diesen und verströmt einen Geruch
nach feuchtem Gemüse und Jod.

Kinder vor allem können ihn sehen –
die schrecklich leeren Straßen meiner Stadt,
die schrecklich leisen Stimmen der Vögel, an den
Autobahnen ertaubt,
die in ihren einsamen Stadtnestern sterben.

Du lernst einfach schreiben,
schreiben lernst du einfach,
du versuchst, keines dieser verrückt-famosen
unheimlich-verwahrlosten Kinder zu vergessen,
die sich im Laufe
deines Lebens bei dir in den
Nachbarstraßen herumtrieben.

Du hörst jetzt, wie alles zurückbleibt,
du hörst es und weißt nicht, was tun mit ihren Sachen,
mit ihren kümmerlichen Schätzen,
mit den Spuren von Nagellack und
süßem Straßendreck.

Dein Gedächtnis existiert nur solange du an sie denken
willst,
keinen Augenblick länger,
so weit wie du läufst, wenn du das Haus verläßt, so weit
wirst du gehen müssen, um wieder zurückzukehren.
Keinen Schritt mehr,
aber auch keinen Schritt weniger.

Ohne Furcht zu kennen auf ihren endlosen
Streifzügen,
ohne Angst, die Grenze zu überschreiten,
hinter der die große, verfluchte Leere begann,
zogen sie einfach durch dieses Leben, immer weiter
von einem grell erleuchteten Schaufenster zum
nächsten.

Aber jetzt siehst du, was aus unseren
Trommeln und Bannern wird,
wie unsere Himmel gesäubert sind von den
ruhelosen Geistern,
die sie bevölkert haben;
Marschkleidung und Pfadfinderstiefel abgetragen
und bei deinem Kumpel die Lederjacke
durchgescheuert an den Schultern –
von den Flügeln oder
vom Gewehrriemen.

Aber du hörst, wie sie herüberrufen
von der anderen Seite, morgens irgendwann zwischen
vier und fünf,
so daß man ihre Stimme für das Geschrei
der ersten Milchmädchen oder
rührseliger betrunkener Diebe halten könnte.

Streifst leise die Luft von der anderen Seite des Todes,
sprichst schrecklich leise, nur mit den Lippen –
wie viele Wörter du auch aneinanderreihst,
sie werden dir alle in der
Kehle stecken, das Atmen erschweren
und von ihrer Bitterkeit erdrückt verstummst du
einfach
irgendwann, hast weiter nichts zu sagen,
hältst einfach die Klappe, sagst nicht mal
auf Wiedersehen –
sie flüstern und hinterlassen
in den Treppenhäusern einen Jodgeruch
den Geruch des Todes.

Hand in Hand
einander mit ihrer Gegenwart erstickend
im Schlaf das Bewußtsein verloren vor Liebe
und Hunger
füllten sie die Luft in unseren Städten
mit Nebel und schwirrenden Käfern.

Nie zuvor und nie danach
unter keinen Umständen
wird sich jemand einfach so von diesem Leben
losreißen
wie sie sich losgerissen haben,
wie Fische aus dem Wasser der zufälligen
Beute nach.

Hörst du? Fische, Fische, die nach Jod riechen,
die es bis ans Ufer geschafft
bis an den Tod gelebt haben, kommen endlich
zurück, erinnern dich mit ihrem Geruch
an die Kreuzigungen in den
Lebensmitteltransportern, die
irgendwelche Flüsse entlang Brocken der großen
europäischen Leere befördern,
und dieser Apothekengeruch
der Kiemen Jesu bei den katholischen
Fernfahrer-Kreuzigungen
und dieses Orange der Schmiere
an ihren Fingern.

Wenn alles geschehen ist, wenn die Wellen über
die Ufer getreten sind,
mit salzigen Schwänzen gegen die Blechdächer
schlagend
von Häusern aus den fünfziger Jahren, wenn
der Ozean die jungen, zum ersten Mal betrunken
gemachten
Seelen überrollt hat;

in den Städten, wo in den Parks Waschbecken stehen,
randvoll mit Regenwasser und Erbrochenem,
auf riesigen Märkten, wo im Theaterzelt
gefügige Engel über
glühende Kohlen laufen –
in diesen Städten konnte es nicht
anders kommen, denn es traten
Nichtsnutze und Deserteure
Dämonen und Perverse an, die sich in unseren
Kinderschränken versteckt hatten;

sie konnten nicht anders
als dieses Abenteuer anzuzetteln,
Kinder unter einer Fahne zu versammeln
und Atlanten von Autostraßen zu verteilen
die es nicht gibt.

Sie beantworten jeden Hörnerklang im Toten-
orchester
klirren fröhlich mit ihren Papprüstungen
und stecken unterwegs Kiesel in die Tasche –
schwarz und hart wie

Eishockey-Pucks –
diese Kinder hätten schließlich zum Meer ziehen
und es durchqueren, irgendwo
an gesegneteren Orten bleiben können,
wo der Himmel so tief und durchsichtig ist,
daß Möwen und wilde Bienen aus der Hand fressen,
aber schau ihnen nach, und es wird klar –

jeder Kinderkreuzzug
endet damit,
daß die Kinder einfach erwachsen werden
und nach Hause gehen –
ohne alle Toten zu zählen,
ohne sich besonders um die zu kümmern, die
nirgendwohin
zurückkehren können

nur die Patrouillenhubschrauber
schlagen mit den Schwänzen
über den Himmel am Wege.

Dann hörst du, wie Leute auf den
morgendlichen Straßen eintreffen
sie schwatzen dort fröhlich
mit ihrem persönlichen Jesus, halten ihn an den
Kiemen
und legen feuchtes Gemüse in den Korb;

die schrecklich leisen Stimmen derer,
die von ihrem Kreuzzug zurückgekehrt sind
und Angst haben, jemandem zu erzählen,

wie entsetzlich in Wirklichkeit die Zeit aussieht –
ein erschöpftes, verrücktes Wesen, das dir
im Ufersand den Weg vertritt,
dir Brot und Schokolade aus der Hand frißt,
eine völlig erschöpfte Kreatur, verdammt,
ständig den Zirkuswagen nachzulaufen,
die die Stadt verlassen und
die Flüsse entlang
gen Palästina ziehen.

Was vergeht und was sie im Gedächtnis bewahren –
Programmzettel von Fußballspielen und Pornoclubs,
Zirkusreklamen, auf denen die Akrobaten
irgendwelchen nicht kanonisierten Heiligen gleichen;

du lernst die Kinder einfach anzusehen,
einfach Nachrichten zu hören,
einfach aufzustehen

und auf den Straßenbasaren,
in den Supermärkten
feuchtes
kaltes
Kraut zu kaufen
zum Gedenken an die Toten.

Juri Andruchowytsch
Serhij Zhadans erster Roman

I

Glaubt man den Klatschgeschichten und Gerüchten, so hat Serhij Zhadan seinen sechsten Gedichtband in Wien geschrieben, wo er fast ein Jahr verbrachte, von Herbst 2001 bis Sommer 2002.

Nach diesem Satz käme der zukünftige Biograph des Dichters zweifellos ins Grübeln, wie es dazu wohl kommen konnte und warum gerade Wien. Es bedürfte also einer kurzen, aber intensiven Vorgeschichte, die das außergewöhnlich frühe Debüt des »Rimbaud von Charkiw« beschreiben müßte, seine ersten, aufsehenerregenden Veröffentlichungen Mitte der neunziger Jahre – er war noch nicht mal zwanzig –, seine unbestrittene Vorreiterrolle nicht nur in der von ihm gegründeten »Literarischen Korporative ROTE FUHRE«, sondern überhaupt in seiner Generation. Dabei schritt der *junge Dichter* (verzeihen Sie die banale Wortverbindung, im vorliegenden Fall ist sie nicht zu umgehen) in so schwindelerregendem Tempo voran, daß man sich schon am Ende des Jahrzehnts, das man in der Ukraine gern das *verlorene Jahrzehnt* nennt – für die Literatur gilt das aber keinesfalls! –, Ende der neunziger Jahre also konnte man sich die neueste ukrainische Poesie, wie die ukrainische Poesie überhaupt, ohne Zhadan, ohne seinen »postproletarischen Postpunk«, gar nicht mehr vorstellen.

Deshalb wurde er für ein Jahr nach Wien versetzt. Das passiert echten jungen Dichtern hin und wieder: Gewisse, vielleicht kosmische Kräfte mischen sich in ihr Leben ein und stoßen sie resolut in eine »alte europäische Hauptstadt, gefüllt mit frischem Emigrantenfleisch«.

Schon im Titel dieses Buches liest man die Anspielung auf Wien, in den beiden, nicht ohne ketzerische Ironie zusammengestellten Syntagmen: »Geschichte der Kultur« und »Anfang des Jahrhunderts«.

Was Wien betrifft, so ist es der Anfang des zwanzigsten Jahrhunderts. Was Zhadan betrifft, so der des einundzwanzigsten. Sie haben sich also um fast hundert Jahre verpaßt, Zhadan und Wien.

Eigentlich war Serhij Zhadan nach Wien gereist, um einen Roman zu schreiben. Er begann mit Gedichten, die später integraler Bestandteil des Romans werden sollten. Zum Glück kam es anders; die Gedichte weigerten sich, Bestandteil von irgend etwas zu sein, sie füllten den gesamten kreativen Raum allein aus, und so haben wir, was Stimmungen, Motive, Gedanken und Struktur betrifft, ein außergewöhnlich komplettes Buch, 21 (10+10+1) Gedichte, manche von der Länge kleiner Poeme.

2

Jetzt ein paar persönliche Bekenntnisse. Der Altersunterschied erlaubt mir zu sagen, daß Serhij Zhadan sowohl mein Bruder als auch mein Sohn sein könnte. Wenn Bruder, dann ein deutlich jüngerer – ganze vierzehn Jahre. Und wenn Sohn, dann unehelich geboren. Beide Möglichkeiten kommen im wirklichen Leben vor, beide sind sehr bewegend für mich. Ich kann meine Liebe zu allem, was er schreibt, nicht verbergen.

In meinem ersten Roman *Rekreationen* beschrieb ich eine Gruppe »dreißigjähriger Dichter«. Ihr Verhalten ist äußerst unkonventionell, sie trinken große Mengen Alkohol, sie lieben krampfhaft die sie umgebende Welt und ihr tumbes Vaterland, fluchen genauso schön, wie sie ihre Liebe erklären. Zhadan heute könnte einer der Helden dieses Romans sein: Er ist knapp über dreißig und hat, so scheint es, die erste dramatische Initiation durch die Zeit schon erlebt: das plötzliche, eindrückliche und seltsam scharfe Bewußtsein, daß die Zeit vergeht. »Es kommen einfach die Jahre, / da man von Gleichaltrigen zu träumen beginnt«, schreibt er in einem Gedicht dieses Bandes. Etwas später erscheint der heilige Augustinus, genauer gesagt, die Dämonen die ihn, Augustinus, zitieren ...

3

Aber kehren wir zurück nach Wien, wo das Buch entstand und wo in den lichtdurchfluteten Restaurants »Porträts von Kaisern / an den Wänden« hängen. Das ist übrigens in dem gesamten, von multikulturellen Zeichen und Symbolen durchwobenen Band fast das einzige Einsprengsel eines Habsburger-Mythologems. Sonst kommt Zhadans Wien ohne kaiserlich-königliche Nostalgie aus.

Aber nicht ohne den Tod. Die Betrachtung des Todes – manchmal verzweifelt, meist aber ausgeglichen-meditativ – ist eines der Leitmotive der *Geschichte der Kultur zu Anfang des Jahrhunderts*. So bestimmend, daß man den Titel manchmal als »Geschichte der Krankheit am Ende der Zeit« lesen möchte.

Zhadans (Wiens?) Tod hat »Pfefferminzbonbons in der Hand« und verteilt »sie an die Kinder in der Bahnhofswildnis«. Er ist eher zärtlich, als ob man »aus einem leeren Zimmer in ein anderes« geht. Er kommt, wenn den Menschen »einfach das Herz stehenbleibt vor Liebe zu dieser / merkwürdigen, phantastischen Welt«. Er ist leise, streut »Rosenblätter ins Chlorwasser«. Aber es gibt furchtbar viel davon, man kann ihn nicht übersehen.

Im Mai 2001 (ich verfüge über das unnötige mitteleuropäische Gedächtnis für Monate, Jahre und Ziffern) zirkulierten Zhadan und ich auf dem Wiener Ring, mit der illusionären Absicht, in die Innere Stadt vordringen zu können, wobei ich die Rolle des Fremdenführers übernahm, denn Zhadan war zum erstenmal hier, und ich versuchte, ihm die Wiener konzentrische Topographie zu erschließen. Damals bemerkte er lachend, das sei keine Stadt, sondern einfach nur ein Friedhof. Und das, obwohl es ein strahlender Maientag war, das Leben schöne Frauen und Autos um uns herumwirbelte und wir an keinem einzigen Grabstein, nicht einmal an einer Gedenktafel vorbeikamen, höchstens am Goethe-Denkmal, aber was hat der damit zu tun. Zhadan aber fühlte, wie man so schön sagt, die Anwesenheit des Todes in allem Wienerischen sofort heraus.

Nein, es geht hier nicht um die banale und romantische »Stadt des Todes«, weder Grillparzer noch Hofmannsthal haben Pate gestanden. Es geht vielmehr darum, daß Wien eine Stadt ist, in der der Tod sichtbarer, fühlbarer ist als anderswo. Er durchdringt diese »Brocken der großen europäischen Leere«, zusammengeballt an seinem, Europas, empfindlichstem Punkt.

Wovon die Gedichte handeln? Ja, von Europa. Von seiner akuten Herzinsuffizienz und seinem hämophilen serbo-kroatischen Blut.

4

Der Dichter Andrij Bondar, der das Nachwort zur Originalausgabe schrieb, hat in diesem Buch zweiunddreißigmal das Wort »Himmel« gefunden, in verschiedenen Formen und Variationen. Er hat Zhadans Poesie sogar als »Himmelskino« bezeichnet. Aber auch etwas anderes ist kaum zu übersehen: Zhadans Himmel ist deutlich apokalyptisch, im besten Falle ein »System aus Spiegeln, so angeordnet, daß man nichts erkennen kann«. Darin »es im Grunde nichts gibt als Himmel«. Und es ist ein Himmel, der »Stern um Stern / verliert«. Zhadans Himmel widerspricht also ganz offen der metaphysischen Tradition, die das Himmlische (Ideale, Ewige) dem Irdischen (Brutalen, Vergänglichen) gegenüberstellt.

Mit anderen Worten, Zhadans »Variationen zum Thema Himmel« sind absolut irdisch: materiell-greifbar, voller Gerüche, Farben und Töne. Unwillkürlich denkt man an Wim Wenders' Film *Der Himmel über Berlin*, in diesem Fall »Der Himmel über Wien«, um beim Himmelskino zu bleiben.

Wegen der unglaublich genauen, realistischen Details des materiellen Erdenalltags kann man sich an diesen Gedichten verschlucken. Sie stekken voller »Prosaismen«. Um die Kühnheit von Zhadans Sprüngen richtig einzuschätzen, muß man die Entwicklung der ukrainischen Poesie vor ihm berücksichtigen, ihre betont konsequente Abwendung von der sogenannten Prosa des Lebens. Vielleicht sind Zhadans Gedichte aber in Wirklichkeit der Beweis dafür, daß es einen solchen Bruch gar nicht gibt. Denn sie sind selbst außergewöhnlich gute Prosa. Vielleicht sind sie das Schönste aus dem in Wien nicht geschriebenen Roman, sein metaphorisch-lyrisches Gerippe, ein »Roman in sich«. Denn wer will schließlich behaupten, daß Prosa keine Poesie ist?

Das Interessanteste passiert dort, wo die Grenzen des Gewohnten verschwimmen. Wo sich absolute Zähigkeit und Dichte untrennbar mit absoluter Leichtigkeit und Transparenz verbinden. Dann beginnt man zu verstehen, was Sprache wirklich ist: nicht die Gesamtheit der Wörter an sich, sondern die besondere Gabe, sie zusammenzufügen, völlig frei, aber doch – und hier liegt das Geheimnis! – auf die einzig mögliche Weise.

Aus dem Ukrainischen von Sabine Stöhr

Inhalt

Leben heißt sterben

Chinesische Küche

Osteuropäische Literatur in der edition suhrkamp Eine Auswahl

Juri Andruchowytsch. Das letzte Territorium. Essays. Aus dem Ukrainischen von Alois Woldan. es 2446. 150 Seiten

Zsófia Balla. Schönes, trauriges Land. Gedichte. Ausgewählt und aus dem Ungarischen von Hans-Henning Paetzke. es 2085. 106 Seiten

Bora Ćosić. Die Zollerklärung. Aus dem Serbischen von Katharina Wolf-Grießhaber. es 2213. 153 Seiten

György Dalos. Ungarn – Vom Roten Stern zur Stephanskrone. Aus dem Ungarischen von György Dalos und Elsbeth Zylla. es 2017. 252 Seiten

László Darvasi. Eine Frau besorgen. Kriegsgeschichten. Aus dem Ungarischen von Heinrich Eisterer, Terézia Mora und Agnes Relle. es 2448. 184 Seiten

Karl Dedecius. Poetik der Polen. Frankfurter Vorlesungen. es 1690. 135 Seiten

Mircea Dinescu. Exil im Pfefferkorn. Gedichte. Ausgewählt, aus dem Rumänischen und mit einem Nachwort versehen von Werner Söllner. es 1589. 115 Seiten

István Eörsi. Der rätselhafte Charme der Freiheit. Versuche über das Neinsagen. Aus dem Ungarischen von Anna Gara-Bak, Péter Máté, Gregor Mayer, Angela Plöger und Hans Skirecki. es 2271. 198 Seiten

NF 349/1/3.04

Bohumil Hrabal. Die Bafler. Erzählungen. Ausgewählt und aus dem Tschechischen von Franz Peter Künzel. es 180. 128 Seiten

Oleg Jurjew. Spaziergänge unter dem Hohlmond. Kleiner kaleidoskopischer Roman. Aus dem Russischen von Birgit Veit. es 2240. 134 Seiten

Imre Kertész
- »Heureka!« Rede zum Nobelpreis für Literatur 2002. Aus dem Ungarischen von Kristin Schwamm. Bearbeitung Ingrid Krüger. es. 32 Seiten
- Schritt für Schritt. Drehbuch zum »Roman eines Schicksallosen«. Aus dem Ungarischen von Erich Berger. es 2292. 184 Seiten

Hanna Krall. Schneller als der liebe Gott. Mit einem Vorwort von Willy Brandt. Aus dem Polnischen von Klaus Staemmler. es 1023. 152 Seiten

Ryszard Krynicki. Wunde der Wahrheit. Gedichte. Herausgegeben, aus dem Polnischen übertragen und mit einem Nachwort versehen von Karl Dedecius. es 1664. 136 Seiten

Endre Kukorelly. Die Rede und die Regel. Erzählungen. Aus dem Ungarischen von Hans Skirecki. es 2128. 173 Seiten.

Stanisław Lem. Dialoge. Aus dem Polnischen von Jens Reuter. Mit einem Nachwort des Autors. es 1013. 319 Seiten

Ilma Rakusa
- Love after Love. Acht Abgesänge. es 2251. 58 Seiten
- Von Ketzern und Klassikern. Streifzüge durch die russische Literatur. es 2325. 236 Seiten

NF 349/2/3.04

Andrzej Stasiuk

- Die Mauern von Hebron. Aus dem Polnischen von Olaf Kühl. es 2302. 160 Seiten
- Über den Fluß. Erzählungen. Aus dem Polnischen von Renate Schmidgall. es 2390. 200 Seiten.
- Wie ich Schriftsteller wurde. Versuch einer intellektuellen Autobiographie. Aus dem Polnischen von Olaf Kühl. es 2236. 144 Seiten

Dubravka Ugrešić

- Die Kultur der Lüge. Aus dem Serbokroatischen von Barbara Antkowiak. es 1963. 303 Seiten
- My American Fictionary. Aus dem Serbokroatischen von Barbara Antkowiak. es 1895. 224 Seiten

NF 349/3/3.04

Deutschsprachige Gegenwartsliteratur in der edition suhrkamp Eine Auswahl

Paul Brodowsky
- Milch Holz Katzen. es 2267. 72 Seiten

Esther Dischereit
- Joëmis Tisch. Eine jüdische Geschichte. es 1492. 122 Seiten
- Übungen, jüdisch zu sein. Aufsätze. es 2067. 150 Seiten

Dirk Dobbrow
- Alina westwärts / Paradies. Stücke und Materialien. es 3428. 204 Seiten
- Late Night. Legoland. Stücke und Materialien. es 3403. 204 Seiten
- Der Mann der Polizistin. Roman. es 2237. 190 Seiten

Kurt Drawert
- Alles ist einfach. Stück in sieben Szenen. es 1951. 116 Seiten
- Haus ohne Menschen. Zeitmitschriften. es 1831. 120 Seiten
- Privateigentum. Gedichte. es 1584. 138 Seiten
- Rückseiten der Herrlichkeit. Texte und Kontexte. es 2211. 256 Seiten
- Spiegelland. Ein deutscher Monolog. es 1715. 157 Seiten
- Steinzeit. es 2151. 160 Seiten

Oswald Egger
- Herde der Rede. Poem. es 2109. 380 Seiten
- Nichts, das ist. Gedichte. es 2269. 160 Seiten

NF 313/1/5.04

Werner Fritsch
- Aller Seelen. Golgatha. Stücke und Materialien. es 3402. 200 Seiten
- CHROMA. EULEN:SPIEGEL. Stücke und Materialien. es 3419. 201 Seiten
- Es gibt keine Sünde im Süden des Herzens. Stücke. es 2117. 302 Seiten
- Fleischwolf. Gefecht. es 1650. 112 Seiten
- Die lustigen Weiber von Wiesau. Stück und Materialien. es 3400. 189 Seiten
- Schwejk? Hydra Krieg. Stücke und Materialien. es 3437. 224 Seiten
- Steinbruch. es 1554. 53 Seiten

Rainald Goetz
- Celebration. Texte und Bilder zur Nacht. es 2118. 286 Seiten

Dieter M. Gräf
- Rauschstudie. Vater + Sohn. Gedichte. es 1888. 86 Seiten

Durs Grünbein
- Grauzone morgens. Gedichte. es 1507. 93 Seiten
- Warum schriftlos leben? Aufsätze. es 2435. 122 Seiten

Norbert Gstrein
- Anderntags. Erzählung. es 1625. 116 Seiten
- Einer. Erzählung. es 1483 und es 2423. 118 Seiten

Katharina Hacker
- Morpheus oder Der Schnabelschuh. es 2092. 126 Seiten
- Tel Aviv. Eine Stadterzählung. es 2008. 145 Seiten

Johannes Jansen
- Halbschlaf. Tag Nacht Gedanken. es 2380. 85 Seiten

NF 313/2/5.04

- heimat ... abgang ... mehr geht nicht. ansätze. mit zeichnungen von norman lindner. es 1932. 116 Seiten
- Reisswolf. Aufzeichnungen. es 1693. 67 Seiten
- Splittergraben. Aufzeichnungen II. Mit zahlreichen Abbildungen. es 1873. 116 Seiten
- Verfeinerung der Einzelheiten. Erzählung. es 2223. 112 Seiten

Angela Krauß
- Die Gesamtliebe und die Einzelliebe. Frankfurter Poetikvorlesungen. es 2389. 103 Seiten

Barbara Köhler
- Deutsches Roulette. Gedichte 1984-1989. es 1642. 85 Seiten
- Wittgensteins Nichte. vermischte schriften / mixed media. es 2153. 175 Seiten

Uwe Kolbe
- Abschiede. Und andere Liebesgedichte. es 1178. 82 Seiten

Ute-Christine Krupp
- Alle reden davon. Roman. es 2235. 140 Seiten
- Greenwichprosa. es 2029. 102 Seiten

Christian Lehnert
- Der Augen Aufgang. Gedichte. es 2101. 112 Seiten
- Der gefesselte Sänger. Gedichte. es 2028. 92 Seiten
- Ich werde sehen, schweigen, hören. es 2369. 100 Seiten

Jo Lendle
- Unter Mardern. es 2111. 99 Seiten

Thomas Meinecke
- The Church of John F. Kennedy. Roman. es 1997. 245 Seiten

NF 313/3/5.04

Bodo Morshäuser
- Hauptsache Deutsch. es 1626. 205 Seiten
- Revolver. Vier Erzählungen. es 1465. 140 Seiten
- Warten auf den Führer. es 1879. 142 Seiten

José F. A. Oliver
- fernlautmetz. Gedichte. es 2212. 80 Seiten
- nachtrandspuren. Gedichte. es 2307. 128 Seiten

Albert Ostermaier
- Death Valley Junction. Stück und Materialien. es 3401. 111 Seiten
- Erreger / Es ist Zeit. Abriss. Stücke und Materialien. es 3421. 111 Seiten
- fremdkörper hautnah. Gedichte. es 2032. 100 Seiten
- Herz Vers Sagen. Gedichte. es 1950. 73 Seiten
- Katakomben. Auf Sand. Stücke und Materialien. es 3433. 144 Seiten
- Letzter Aufruf. 99 Grad. Stücke und Materialien. es 3417. 150 Seiten
- The Making Of. Radio Noir. Stücke. es 2130. 192 Seiten
- VATERSPRACHE. es 2436. 60 Seiten

Doron Rabinovici
- Credo und Credit. Einmischungen. es 2216. 160 Seiten
- Österreich. Berichte aus Quarantanien. Herausgegeben von Isolde Charim und Doron Rabinovici. es 2184. 172 Seiten
- Papirnik. Stories. es 1889. 134 Seiten

Ilma Rakusa
- Love after Love. Gedichte. es 2251. 68 Seiten

Patrick Roth
- Ins Tal der Schatten. Frankfurter Poetikvorlesungen. Mit CD. es 2277. 120 Seiten

NF 313/4/5.04

Christoph Schlingensief
- Schlingensiefs »Ausländer raus!« Bitte liebt Österreich. Herausgegeben von Matthias Lilienthal und Claus Philipp. es 2210. 272 Seiten
- Christoph Schlingensiefs ›Nazis rein‹. Herausgegeben von Thekla Heineke und Sandra Umathum. es 2296. 328 Seiten

Lutz Seiler
- pech & blende. Gedichte. es 2161. 90 Seiten
- Sonntags dachte ich an Gott. Aufsätze. es 2314. 140 Seiten

Silke Scheuermann
- Der Tag an dem die Möwen zweistimmig sangen. Gedichte. es 2239. 90 Seiten

Hans-Ulrich Treichel
- Der einzige Gast. Gedichte. es 1904. 71 Seiten
- Der Entwurf des Autors. Frankfurter Poetikvorlesungen. es 2193. 117 Seiten
- Liebe Not. Gedichte. es 1373. 79 Seiten
- Über die Schrift hinaus. Essays zur Literatur. es 2144. 241 Seiten

Jamal Tuschick
- Bis zum Ende der B-Seite. Roman. es 2333. 186 Seiten
- Kattenbeat. Roman in drei Stücken. es 2234. 180 Seiten
- Keine große Geschichte. Roman. es 2166. 200 Seiten

Christian Uetz
- Don San Juan. es 2263. 80 Seiten
- Das Sternbild versiegt. Gedichte. es 2376. 96 Seiten

Anne Weber
- Ida erfindet das Schießpulver. es 2108. 120 Seiten

NF 313/5/5.04

Neue Historische Bibliothek in der edition suhrkamp

»Hans-Ulrich Wehlers fast aus dem Nichts entstandene ›Neue Historische Bibliothek‹ ist nicht nur ein forschungsinternes, sondern auch ein kulturelles Ereignis.«
Frankfurter Allgemeine Zeitung

Werner Abelshauser. Wirtschaftsgeschichte der Bundesrepublik Deutschland 1945-1980. es 1241. 187 Seiten

Peter Alter. Nationalismus. es 1250. 179 Seiten

Helmut Berding. Moderner Antisemitismus in Deutschland. es 1257. 295 Seiten

Walther L. Bernecker. Sozialgeschichte Spaniens im 19. und 20. Jahrhundert. es 1540. 377 Seiten

Manfred Botzenhart. Reform, Restauration, Krise. Deutschland 1789-1847. es 1252. 172 Seiten

Johannes Burkhardt. Der Dreißigjährige Krieg 1618-1648. es 1542. 308 Seiten

Francis L. Carsten. Geschichte der preußischen Junker. es 1273. 224 Seiten

Horst Dippel. Die Amerikanische Revolution 1763-1787. es 1263. 133 Seiten

Christof Dipper. Deutschland 1648-1789. es 1253. 339 Seiten

NF 317/1/11.00

Ute Frevert. Frauen-Geschichte. Zwischen bürgerlicher Verbesserung und Neuer Weiblichkeit. es 1284. 357 Seiten

Immanuel Geiss. Geschichte des Rassismus. es 1530. 375 Seiten

Dieter Grimm. Deutsche Verfassungsgeschichte 1776-1866. es 1271. 270 Seiten

Ludolf Herbst. Das nationalsozialistische Deutschland. 1933-1945. Die Entfesselung der Gewalt: Rassismus und Krieg. es 1285. 495 Seiten

Karl Holl. Pazifismus in Deutschland. es 1533. 275 Seiten

Hans Jaeger. Geschichte der Wirtschaftsordnung in Deutschland. es 1529. 292 Seiten

Konrad H. Jarausch. Deutsche Studenten 1800-1970. es 1258. 255 Seiten

Gotthard Jasper. Die gescheiterte Zähmung. Wege zur Machtergreifung Hitlers 1930-1934. es 1270. 271 Seiten

Hubert Kiesewetter. Industrielle Revolution in Deutschland 1815-1914. es 1539. 351 Seiten

Ulrich Kluge. Die deutsche Revolution 1918/1919. Staat, Politik und Gesellschaft zwischen Weltkrieg und Kapp-Putsch. es 1262. 248 Seiten

Kurt Kluxen. Geschichte und Problematik des Parlamentarismus. es 1243. 302 Seiten

Margret Kraul. Das deutsche Gymnasium 1780-1980. es 1251. 248 Seiten

NF 317/2/11.00

Dieter Langewiesche. Deutscher Liberalismus. es 1286. 381 Seiten

Detlef Lehnert. Sozialdemokratie zwischen Protestbewegung und Regierungspartei 1848-1983. es 1248. 261 Seiten

Karl-Egon Lönne. Politischer Katholizismus im 19. und 20. Jahrhundert. es 1264. 339 Seiten

Peter Marschalck. Bevölkerungsgeschichte Deutschlands im 19. und 20. Jahrhundert. es 1244. 203 Seiten

Michael Mitterauer. Sozialgeschichte der Jugend. es 1278. 276 Seiten

Horst Möller. Vernunft und Kritik. Deutsche Aufklärung im 17. und 18. Jahrhundert. es 1269. 354 Seiten

Eckart Pankoke. Die Arbeitsfrage. Arbeitsmoral, Beschäftigungskrisen und Wohlfahrtspolitik im Industriezeitalter. es 1538. 346 Seiten

Detlev J. K. Peukert. Die Weimarer Republik. es 1282. 313 Seiten

Jürgen Reulecke. Geschichte der Urbanisierung in Deutschland. es 1249. 232 Seiten

Klaus Schönhoven. Die deutschen Gewerkschaften. es 1287. 290 Seiten

Hans-Christoph Schröder. Die Revolutionen Englands im 17. Jahrhundert. es 1279. 290 Seiten

NF 317/3/11.00

Winfried Schulze. Deutsche Geschichte im 16. Jahrhundert. es 1268. 312 Seiten

Reinhard Sieder. Sozialgeschichte der Familie. es 1276. 360 Seiten

Wolfram Siemann
- Die deutsche Revolution von 1848/49. es 1266. 256 Seiten
- Gesellschaft im Aufbruch. Deutschland 1849-1871. es 1537. 355 Seiten

Dietrich Staritz. Geschichte der DDR 1949-1989. es 1260. 350 Seiten

Dietrich Thränhardt. Geschichte der Bundesrepublik Deutschland. 1949-1989. es 1267. 387 Seiten

Hans-Peter Ullmann. Das Deutsche Kaiserreich 1871-1918. es 1546. 308 Seiten

Hans-Ulrich Wehler. Grundzüge der amerikanischen Außenpolitik 1750-1900. Von den englischen Küstenkolonien zur amerikanischen Weltmacht. es 1254. 222 Seiten

Albert Wirz. Sklaverei und kapitalistisches Weltsystem. es 1256. 256 Seiten

Gilbert Ziebura. Weltwirtschaft und Weltpolitik 1922/24-1931. Zwischen Rekonstruktion und Zusammenbruch. es 1261. 230 Seiten

Personen, Ereignisse, Soziale Bewegungen. Gesamtregister zur ›Modernen Deutschen Geschichte‹. Redaktion: Bernd Holtwick und Claus Kröger. es 1280. 160 Seiten

NF 317/4/11.00